LA BOITE AUX LETTRES

PAR UN INDISCRET

PARIS
A LA LIBRAIRIE ILLUSTRÉE
16, RUE DU CROISSANT.

LA BOITE
AUX LETTRES

LA BOITE AUX LETTRES

PAR UN INDISCRET

PRIX 3 FRANCS.

PARIS
A LA LIBRAIRIE ILLUSTRÉE
16, RUE DU CROISSANT.

Vous êtes-vous demandé ce qu'il pouvait y avoir de romans ébauchés, de drames inconnus, de vaudevilles vécus dans la Boîte aux lettres où tant de mains viennent jeter tour à tour des billets doux, des menaces, des poulets rimés, des plis officiels et des calomnies anonymes ?

Vous êtes-vous dit qu'il serait curieux, si l'on possédait le lorgnon magique de Mme de Girardin, de pouvoir prendre dans le pêle-mêle de la Boîte aux lettres quelques enveloppes au hasard, et d'entrer dans les secrets des voisins et des voisines en déchiffrant leurs pattes de mouches ?

Si vous vous êtes dit cela, si vous avez jamais pensé aux mystères du cabinet noir, tournez cette page et lisez ce qui suit.

La Boîte aux lettres est ouverte pour vous.

1ère LEVÉE
LETTRES

Maison Guitard
Fondée en 1793.

Rue Vide-Gousset, 203

SOIE ARTIFICIELLE

MEILLEURE QUE LA VRAIE

Grandes Médailles à toutes les Expositions.

Paris 15 8bre 1875

Monsieur Bonnefoy
Intermédiaire Nuptial

Monsieur, j'ai l'honneur par la présente de vous renouveler ma commande verbale d'avant hier. Il est bien entendu que vous devez me livrer, dans le plus bref délai, un gendre, première qualité, extra fort, garanti dix ans, appartenant à la vieille noblesse, ayant de bonnes références et très décoré.

Je ne tiens pas absolument à ce qu'il ait la fortune. Valentine est riche pour deux. Je lui donne un million de dot.

J'ai oublié de vous dire que

ma fille qui est blonde, préférerait un mari brun, un beau brun frisé. Idée d'enfant gâtée. Frisé ou pas, cela m'est égal pourvu qu'il ait accès auprès d'un ministre. Je tiens beaucoup à ce que ma fille puisse aller dans le monde officiel. Si mon futur gendre connaissait deux ministres, cela m'irait encore mieux, parce qu'alors, il obtiendrait peut être une invitation de plus pour ma femme et pour moi.

Ci joint Cent francs (F. 100) pour l'inscription de ma commande sur votre régistre à Cadenas.

Désiré Guitard [illegible]

Inventeur de la soie artificielle médaillé à toutes les expositions

P. S. Avec les Cent francs que je vous envoie, ~~[illegible]~~

~~[illegible]~~, vous pourriez faire une excellente affaire en achetant une pièce de ma Soie artifi-cielle. J'ai en ce moment des occasions extraordinaires.

D. G-z

Monsieur Bonnefoi.
Intermédiaire nuptial
107. passage de la Fidélité.
[illegible]

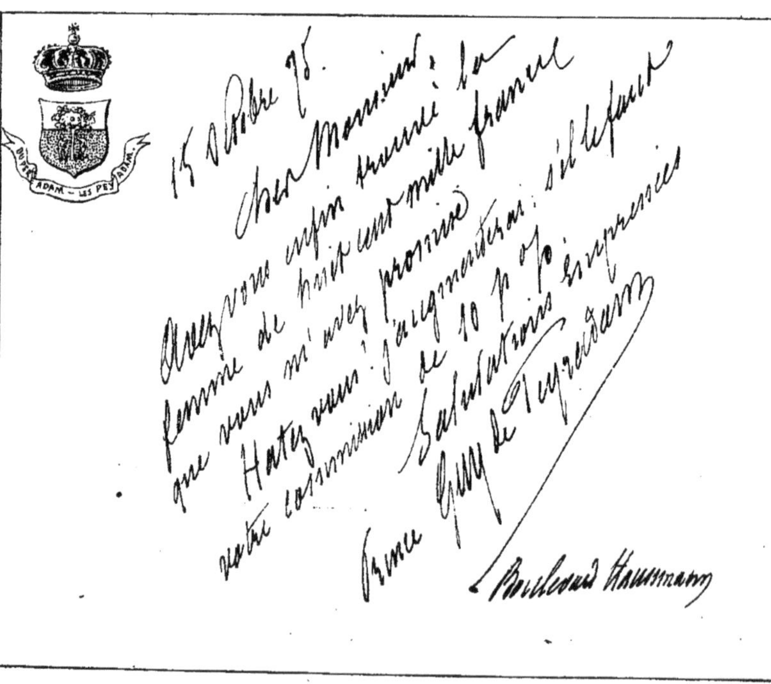

15 Octobre 95.

Cher Monsieur,

Avez-vous enfin trouvé la femme de huit cent mille francs que vous m'avez promise ? Hâtez-vous ! j'augmenterai, s'il le faut, votre commission de 10 p. %.

Salutations empressées

Prince Guy de Peyradam

Boulevard Haussmann

ANCIENNE MAISON
TRICOCHE & CACOLET

TRICOLET, Successeur

Office Général d'Informations pour les Familles

RUE DU GRAND-HURLEUR, 94

CÉLÉRITÉ, DISCRÉTION

Affranchir

Paris, 15 Octobre 187[illegible]

Monsieur Bonnefoi, intermédiaire Nuptial

Monsieur, voici tous les renseignements que j'ai pris, suivant votre désir, sur la famille Guitard

1° La Maison Guitard. — Bonne maison de commerce honorablement connue, crédit illimité sur la place. Quatre millions d'affaires par an. Expédie de la camelotte dans les deux Mondes. Ses produits ne valent rien à l'usage; mais ils sont brillants, lustrés et bon marché. Toutes les pauvres femmes qui font du faux luxe s'arrachent la soie artificielle de la maison Guitard.

2° M. Désiré Guitard. — Inventeur de la soie artificielle qui se fait avec des déchets de coton gommés. Cinquante ans, l'âge de l'ambition. Arrivé au haut commerce par le rang. Voici ses étapes : Homme de peine, garçon de magasin, petit commis, puis chef de rayon, associé et enfin patron. Désiré Guitard est un travailleur. Il avait déjà trente ans quand il a compris qu'il n'arriverait jamais à une belle situation s'il n'acquérait pas un peu d'instruction, il s'est mis alors à suivre les cours du soir. Aujourd'hui, il sait l'orthographe & il est millionnaire. Devant tout à lui même, il est très convaincu de sa supériorité (les imbéciles croient toujours que succès est synonyme de mérite) Au demeurant c'est un bon homme assez rond en affaires et vaniteux comme un paon. S'il faut résumer mon opinion sur Guitard, je vous dirai que vous en jouerez comme vous voudrez

3° Madame Guitard (Sophronisbe) Son mari l'appelle Fro-fro, dans l'intimité et devant le monde. Beauté opulente, coupolée comme le Panthéon .. en raccourci bien entendu. Madame Guitard a eu trente neuf ans en 1870, elle les a encore. C'est la fille de l'ancien patron de M. Guitard, son mari en traitant pour le fonds de commerce l'a prise par dessus le marché; De là, un nuage dans l'existence de Sophronisbe, âme romanesque qui rêvait un mariage d'amour

4° Mlle Valentine Guitard. charmante jeune fille, élevée dans l'excellente institution des soeurs Bonjeart, Blonde, gaie, élégante, distinguée, elle est adorable avec ses dix huit ans ; tout fleuris. Du reste, rien de son père et très peu de sa mère. C'est à se demander comment !.. mais, passons.

4°. Victoire, la cuisinière de confiance : grande influence dans la maison — accessible aux petits cadeaux qui entretiennent.... l'indiscrétion.

Votre

Triolet[illegible]

Paris, 15 Octobre 1875.

Mademoiselle, pourquoi m'avez vous défendu de vous écrire plus d'une lettre par mois, Une lettre par mois ! quand je voudrais vous en écrire cent, toutes pleines de tendresse. Une lettre par mois ! Que voulez vous donc que je devienne pendant les vingt neuf autres jours.

J'ai essayé de tout pour remplir le vide de ma vie depuis qu'il ne m'est plus permis de vous voir. J'ai fait des vers, je viens de rimer un acrostiche c'est très difficile : mais cela m'a plu parce qu'en cherchant mes rimes j'avais toujours devant moi les lettres adorées de votre nom. Il m'a fallu neuf jours pour l'achever. Tel qu'il est, je vous l'envoie, car il contient l'expression de l'espérance qui me fait vivre.

Vénus, triomphant de l'ombre,
A travers l'espace sombre
Luit de toute sa clarté,
Et dans les astres sans nombre
Nul n'éclipse sa beauté.

Tel l'amour qu'on veut détruire,
Inutile et vain ennui,
Ne doit-il pas bientôt luire
Et triompher de la nuit ?

Je viens d'écrire à Mr Guitard pour lui demander votre main. Il va me repousser encore, j'en suis sûr; mais cela ne fait rien, j'ai la foi: notre étoile ne nous abandonnera pas.

Quel bonheur quand nous serons mariés! Quand je pourrai t'appeler: ma femme; t'avoir à mon bras, et, dans le nid coquet où nous cacherons notre amour, t'embrasser à lèvre-que-veux-tu.

Mais je m'arrête. Vous vous fâcheriez. Vous m'avez bien défendu de vous parler d'amour. Je ne veux pas vous désobéir.

Valentine, je t'aime comme un fou. Pardonne-moi et laisse-moi baiser tes petites mains adorées.

Léon Deroze 8bre

Ancienne Maison TRICOCHE & CACOLET

TRICOLET, Successeur

Office Général d'Informations pour les Familles

CÉLÉRITÉ (AFFRANCHIR) DISCRÉTION.

Tarif N° 6 — (Spécial pour les maris)

Renseignements véridiques sur la conduite

" d'une femme légitime ... 500 f. ..

" d'une maîtresse ...... 350 f. ..

" de deux maîtresses ...... 600 f. ...

(au dessus de ce nombre, on traite à forfait.

Tarif N° 7 (Spécial pour les pères)

Renseignements véridiques sur la conduite d'un enfant mineur .... 250 f. ..

" id. " majeur ...... 300 ..

" " futur gendre ...... 550 ..

" d'un gendre blond (nature flasque) 300 ..

" " " brun (nature exigeante) 400 .

pour les gendres roux (tempéraments exceptionnels on traite à forfait.

Célérité — Discrétion

Paris, 15 Octobre 1875.

Monsieur Guitard

Depuis que vous m'avez renvoyé de v/ maison parceque j'aimais Mlle Valentine, je n'ai pas manqué de v/ écrire le premier et le 15 de chaque mois pour vous demander si vous consentez enfin à devenir mon beaupère.

C'est aujourd'hui le 15 Octobre, je viens pour la dixseptième fois, solliciter respectueusement de votre bonté la main de v/ fille. Je l'aime tant ! Monsieur Guitard, et je suis sûr de la rendre heureuse.

Dans l'espérance d'une réponse favorable, j'ai l'honneur d'être, Monsieur Guitard, votre très humble et très-dévoué serviteur

Léon Deroze fils

sous-chef de Rayon

ANCIENNE MAISON
TRICOCHE & CACOLET

TRICOLET, Successeur

Office Général d'Informations pour les Familles

RUE DU GRAND-HURLEUR, 94

CÉLÉRITÉ, DISCRÉTION

Affranchir

15 Octobre 1895.

Monsieur Désiré Guitard.
inventeur de la soie artificielle.

Monsieur, je n'ai pas l'honneur d'être connu de vous : mais comme sans vous en douter, vous avez besoin de mes services en ce moment, je n'hésite pas à venir vous les offrir

Je sais – mon métier est de tout savoir – que vous cherchez à marier Melle Valentine Guitard, je sais qu'on ne manquera pas de vous proposer bien des gendres, si vous désirez connaître, leurs antécédents, la vie intime, la moralité et le caractère du jeune homme qui vous paraîtra le plus apte à faire le bonheur de Melle Votre fille, adressez-vous à moi

Je vends de la vérité comme vous vendez de la soie. – Si par la même occasion vous al' désiriez être éclairé sur le compte de quelqu'autre personne, je suis à votre entière disposition

Ci-joint un aperçu des prix courants de ma maison

Veuillez agréer, Monsieur, mes salutations dévouées

Tricoletelle

15 Octobre 1875

Chère Belle

Qui est ce qui vient souhaiter la fête à sa miniche? c'est encore le gros Loulou

Ce n'est pas un reproche, mais je constate que c'est la troisième fois depuis le commencement de l'année que je te souhaite ta fête. Je t'ai fêtée le 5 Juillet pour la Ste Zoé, le 13 Août pour la Ste Hippolyte; aujourd'hui c'est pour la Ste Mimi, qui se célèbre, m'as tu dit, le jour de Saint Rémi. Et par là dessus, tu porte encore le nom d'Ita.

Combien donc as tu de parrains?

Le porteur de la présente te remettra une paire de boucles d'oreilles et un carton dans lequel tu trouveras.. devines un peu - une belle robe sortant de mes magasins

A propos, ne m'appelle plus gros Loulou devant des étrangers. L'autre jour devant le petit m^is de Cerisy, tu m'as fait rougir, trouve un autre nom. appelle moi... Baron, cher Baron, si tu veux, cela m'ira mieux, j'ai un ventre héraldique.

Chère Vicomtesse je vous baise les mains.

Baron Désiré

P. S. Portes la robe que je t'envoie quand tu iras au Bois

15 Octobre 1875 - 10h. matin

Mon doux ami, trouvez-vous à deux heures, au Point du jour dans le Bateau Mouche, cabine de l'arrière, j'y serai. Vous n'aurez l'air de rien. Vous vous mettrez près de moi et nous causerons.

Ne m'appelez plus Sophronisbe, ce nom me rappelle ma faute, je viens de lire une histoire bien touchante Aglaé ou l'enfant de la mort. appelez moi

Aglaé

DE LA MÊME AU MÊME.

15 Octobre 1875 - 4 h. du soir

Mon amour, je n'ai pu aller au Point du jour, mais je serai pour sûr, ce soir au pied du donjon de Vincennes, à neuf heures moins cinq. Trouvez vous y si vous m'aimez.

J'ai renoncé au nom d'Aglaé qui est prétentieux je viens de lire : Morte d'amour, je veux désormais m'appeler

Olivia

CASIMIR MACLOU A VICTOIRE.

15 ouc tobre

Bel Victoir !

Que La Victoir elle est
chair ou queur du
Saldat francé
je vous dira
Croyé moi que je suie
votre pouis

Maclou Casimir

fusillé da la 3me du 2e du 157e

2e LEVEÉ

Rue Vide-Gousset, 205

SOIE ARTIFICIELLE

MEILLEURE QUE LA VRAIE

Grandes Médailles à toutes les Expositions.

18 Octobre 1875

Prince

Je viens vous rappeler la promesse que vous nous avez faite de venir Dîner avec nous demain. Je ne saurais trop vous dire combien nous sommes heureux, ma femme et moi, du hasard qui nous a fait faire votre connaissance à l'Opéra. J'en aurai, pour ma part, une éternelle reconnaissance à notre ami commun Mr de Bonnefoi

En attendant le plaisir

de vous recevoir, permettez moi
Prince
de vous assurer de mes Senti-
ments respectueusement Sympathiques

Désiré Guitard

Rue Vide-Gousset. 203

SOIE ARTIFICIELLE
MEILLEURE QUE LA VRAIE
Grandes Médailles à toutes les Expositions.

Paris 18 8bre 1897

Monsieur

J'ai reçu votre honorée du 15 Ct. Vos offres de service me plaisent; et puisque vous savez tout, je veux bien vous dire le reste.

Je compte en effet marier ma fille. On m'a proposé un parti merveilleux : un Prince! La plus ancienne noblesse du monde. Il s'appelle Guy de Peyradam; il a pour devise

Du père Adam
Les Peyradam

Vous voyez que sa famille

remonte haut dans l'histoire.
L'honorabilité du Prince est parfaite. On me l'a garantie. Rien à dire sous le rapport des mœurs, c'est le gendre qu'il nous faut à ma fille et à moi. Sa fortune est nulle, il est vrai; mais s'il a du sang pour trois, j'ai du trois pour cent, comme a dit un de mes confrères

Comme je n'ai aucun doute sur la moralité de mon futur gendre, je n'hésite pas à vous charger de faire une enquête sur son passé. Cela me coûtera 550 francs, et peut être plus, car je compte payer les petites dettes qu'il a pu faire et liquider les maîtresses qu'il a pu avoir. C'est à vous de trouver les uns et les autres.

Par la même occasion, amusez vous donc à suivre ma femme, c'est un esprit romanesque. Cela m'amusera quand je lui prouverai que je connais ses pas et démarches par le menu et cela lui donnera une haute idée de moi.

Je ne serais pas fâché aussi d'avoir des renseignements sur une dame de ma connaissance la vicomtesse Ita de Montlazar.

Votre tarif n° 5 porte 500 fr. pour la surveillance d'une épouse légitime, il ne fixe pas de prix pour les amies. Comme je vous fais trois commandes à la fois, et que la seconde n'est qu'une plaisanterie, vous me passerez bientôt pour un billet de Douze Cent cinquante francs. Vous comprenez que les prix du gros, ne sont pas ceux du détail.

Salutations empressées

Désiré Guitard.

LA VICOMTESSE ITA DE MONTBAZAR A DÉSIRÉ GUITARD.

Paris 18 Octobre 1875.

Mon petit baron, tu est adorable, mais je ne veux plus que tu fasses de folies pour moi. Tu as voulu me faire une surprise, et regarde : les boucles d'oreilles que tu m'as envoyées sont trop petites. On ne les porte plus comme cela. Une autre fois, consulte moi avant d'acheter quoi que ce soit. J'aime mieux que nous allions ensemble chez le bijoutier. Je te connais. avec ta nature noble et généreuse, tu dois te faire voler par les marchands.

Si tu veux, nous irons demain chez Samper, et tu verras que nous aurons une parure complète qui coutera moins cher que tes petits cabochons d'hier.

Quelle jolie robe que tu m'as envoyée ! C'est trop. Vrai : c'est trop.

Cher Loulou, quand viendras tu me voir ? tu me fais languir. Préviens moi de l'heure à laquelle tu comptes me rendre visite. Je tiens à être là pour te dire combien t'aime.

Ita
Ita.

Dis donc, Amélie, ne la recommence pas celle-là!

Quand tu viendras me voir, tâche de ne plus avoir cette abominable robe de soie que tu avais l'autre soir. Qu'est ce que c'est que cette étoffe là!? partout où tu t'es assise elle a fait des marques, mon pauvre canapé est tout défiguré — si ce n'était que cela encore! mais en même temps que sa couleur ta robe a laissé je ne sais quel enduit bizarre qui colle comme de la glu — Quelle poisseuse tu fais! je viens de passer une heure à me séparer de mon pouf qui tenait plus à moi que je ne tenais à lui

C'est au moins cette vieille bête de Grotard qui t'aura fait ce cadeau là. il commence à m'ennuyer, ce gonflé, ni beau, ni jeune, ni généreux — passe la main.

A quand!

Prince Guy de Peyradam

18 Oct. 1875.

Rue Vide-Gousset, 203.

SOIE ARTIFICIELLE

MEILLEURE QUE LA VRAIE

Grandes Médailles à toutes les Expositions.

Paris le 18 8bre 1875.

Monsieur

J'ai reçu votre honorée
du quinze Courant, et j'ai l'avan
tage de vous confirmer celle que
je vous ai écrite en date du 14
du même mois

Je persiste dans ma résolution
Vous n'aurez pas ma fille
Avec laquelle j'ai l'honneur
d'être votre dévoué Serviteur.

Désiré Guitard

Monsieur, — car je ne veux plus appeler mon ami celui qui m'a désobéi — Monsieur donc, vous n'êtes pas raisonnable. J'ai la faiblesse de vous permettre de m'écrire. Je suis assez imprudente pour recevoir vos lettres et assez folle pour les lire, et voilà comment vous me récompensez. Les *tu* et les *vous* se mêlent dans vos phrases. Vous m'embrassez, tout cela n'est pas convenable. Si vous voulez m'être agréable, soyez plus gentil à l'avenir. Dites vous bien que je suis votre amie, rien que votre amie, entendez-vous, et qu'il en sera ainsi tant que vous n'aurez pas fléchi mon père.

Et puis, mon ami, ces lettres brûlantes me troublent et me font mal. Je sens combien vous souffrez, et je souffre de votre souffrance. Par amitié pour moi, par amour, si vous le voulez tachez d'être fort. Si vous ne l'êtes pas, comment le serais-je, moi ?

J'ai pourtant bien besoin de toute ma force en ce moment. hier à l'Opéra, on m'a présenté un jeune homme, un prince, à ce qu'il paraît. Aux avances que mon père lui a faites, à l'air entendu de ma mère, j'ai compris que c'était un prétendant. Rassurez-vous; je le déteste, ce monsieur, et jamais, jamais, je ne consentirai à devenir princesse de Pagradam.

J'ai des goûts plus bourgeois. Pourvu que je m'appelle Madame Derozé toute mon ambition sera satisfaite.

Ah! mon dieu, qu'ai-je dit? Bah, je n'efface rien. Je vous donne une bonne poignée de main. C'est tout ce que peut faire votre petite amie

Valentine

Paris 14 octobre 1875

Mme GUITARD A M. ARSÈNE.

18 Octobre, 9 h. du matin

Mon cher ami! comme nous sommes imprudents, l'autre jour. J'ai eu une frayeur mortelle, quand je t'ai eu quitté. Il m'a semblé qu'en descendant les Buttes Chaumont, j'étais suivie. Si mon mari savait cela, je me tuerais.

Pour éviter ces alertes continuelles, nous nous verrons sur le haut de la tour Saint Jacques. Il y monte fort peu de monde et l'on ne peut être vu de la rue — A trois heures vingt, tour Saint Jacques voilà le mot d'ordre pour aujourd'hui

Ton Eveline

P.S. — Comment ai-je pu m'appeler Olivia? Les noms en a. quelle horreur!

DE LA MÊME AU MÊME.

18 Octobre — 5 h. du soir

Ce soir à huit heures ½ rue d'Ulm

On n'y rencontre jamais personne. Il y pousse de l'herbe entre les pavés

Nous nous croirons à la campagne

Estelle

P.S. N'est-ce pas qu'Estelle sonne mieux qu'Eveline?

Mademoiselle

Laissez moi vous répéter
que je vous adore.
vous avez percé mon cœur
vous m'avez conquis. je
voudrais bien prendre ma revanche
et vous conquérir à mon tour
moi habitué au commandement
et a me faire obéir, je suis
l'esclave de tos charmes,
ange de ma vie. je brûle
et je suis enflammé, et jattends
une réponse par le retour du
courrier, d'ou dépendra le
bonheur de mon existence,
que vous m'adresserez au
quartier

Gervais Brichon
Brigadier au 3ème chasseurs
à cheval
18 octobre 1875.

3e LEVÉE

LE PRINCE DE PEYRADAM A DÉSIRÉ GUITARD.

Paris 5 Novembre 75.

Cher Monsieur,

Après la conversation que nous avons eue ensemble, une explication est devenue nécessaire.

Permettez moi d'abord de vous rappeler les faits qui établissent nos situations respectives.

Comme je vous adressais hier des compliments au sujet de Mlle votre fille, vous m'avez laissé entendre qu'il ne tenait qu'à moi de devenir votre gendre — Je ne vous ai rien répondu sur le moment, je ne pouvais rien vous répondre. En effet, si l'avenir que vos paroles m'entrouvraient répondait à mon plus ardent désir; il redoublait en même temps ma perplexité.

Vous savez qui je suis. J'appartiens à une

famille princière, dont l'origine se
se perd pas dans la nuit des temps,
puisque par une série de papiers, de
parchemins, de papyrus et d'inscriptions
lapidaires des plus authentiques, je puis
établir ma filiation directe avec le
premier père des hommes et des rois

J'ai derrière moi une longue
suite d'aïeux illustres dont je suis solidaire
Ces grandes ombres planent sur moi: Elles
exigent que le dernier descendant de leur
branche aînée reste fort et fier et continue
à porter haut le blason des Peyradam

Je n'irai pas vous dire qu'en
épousant votre honorable enfant je
commettrais une mésalliance, Non. La
petite noblesse seule peut craindre de
s'amoindrir en s'unissant à des castes
inférieures; ma noblesse à moi est de
celles que rien ne saurait diminuer. D'augustes

exemples l'ont prouvé. En 1503 Sigismond de Peyradam, roi de Chypre, épousa la fille d'un joaillier de Venise, avant lui en 1281 Karl de Peyradam, roi de Candie avait pris pour femme, la fille d'un simple comte Et récemment en 1633. Gaëtan de Peyradam roi de Jerusalem, n'a t il pas épousé une Bourbonnaise ?

Ce n'est donc pas la question de mésalliance qui me préoccupe ; c'est une question plus délicate — En ce moment, ma situation n'est pas encore bien assise. Je revendique des droits de souveraineté sur les contrées de Candie, qui ont appartenu à mes ancêtres La chancellerie anglaise est déjà intervenue auprès de la sublime porte. et le Sultan n'est pas loin de céder. Quoique la solution paraisse prochaine elle peut cependant traîner encore, trois mois, six mois, un an et plus.

En attendant ma restauration, il m'est difficile de faire dans le monde la figure que comporte mon rang — Parbleu ! je pourrais me procurer de l'argent, faire un emprunt public — Déjà plusieurs banquiers m'ont fait des ouvertures, mais je les ai repoussées. Que diraient les Vendistes si j'absorbais d'avance les finances de mon peuple.

Cette délicatesse, que vous apprécierez Monsieur, car vous avez l'âme d'un gentilhomme, me crée une situation pénible. Si j'épousais aujourd'hui Mlle Valentine, on pourrait dire que je fais un mariage d'argent. Or il ne faut pas que César soit soupçonné — Comment sortir de cette impasse ? Comment concilier mon amour pour votre fille et le souci de ma dignité — J'ai cherché longtemps — Une seule combinaison m'avait paru un moment possible. Je m'étais dit que si vous m'offriez les moyens de tenir un certain état de maison, que si vous m'apportiez, par exemple, à titre d'avance, une bagatelle d'une centaine de mille francs pour couvrir une partie des frais de la corbeille, je pourrais peut être accepter de vous qui êtes presque de la famille, un service que je n'ai pu permettre à des étrangers de me rendre; mais j'ai renoncé bien vite à cette idée. Et je crois qu'il vaut mieux patienter encore quelque temps jusqu'à ce que les ~~Peyradan~~ puissances aient réglé la question de Candie.

J'avais besoin de vous dire tout cela, cher Monsieur, je l'ai fait franchement et loyalement.

À vous,

Prince Guy de Peyradan

Rue Vide-Gousset. 203

SOIE ARTIFICIELLE

MEILLEURE QUE LA VRAIE

Grandes Médailles à toutes les Expositions.

Paris 5 novbre 1871

Monsieur

Je vous prie, hatez vous de m'envoyer les renseignements que je vous ai demandés. Le Prince de Peyradium, que j'ai le bonheur de compter maintenant parmi mes amis intimes, va bientôt, je l'espère, devenir mon gendre, je serais heureux d'agir princièrement avec lui, en lui remettant discrètement devant ma femme et quelques bons amis seulement, la quittance de ses dettes de jeune homme.

Salutations. Désiré Guitard

LÉON DEROZE A DÉSIRÉ GUITARD.

Paris 15 8bre 1877.

Monsieur et futur beaupère, mon impatience croît en raison directe de V/ refus. Je ne peux plus attendre le 15 novembre pour V/ renouveler ma demande. Désormais je vous écrirai tous les cinq jours.

Il faut m'excuser voyez V/, si je suis importun : mais l'amour que je ressens pour Mademoiselle Valentine, est toute ma vie.

Permettez moi donc pour la dix huitième fois de solliciter la main de Mademoiselle V/ fille.

Quelle que soit la bizarrerie des démarches persistantes que je fais auprès de V/, veuillez croire, Monsieur Guitard, que V/ n'avez pas de personne qui vous soit plus respectueusement dévoué que V/.

Léon Déroze Dn

sous chef de Rayon

Mme GUITARD A M. ARSÈNE.

5 Novembre. 9 h. du matin

Tendre ami, Il y a aujourd'hui une descente dans les catacombes à 1 h 1/2. Trouvez vous à la Barrière Montparnasse (ancien octroi. Nous visiterons ensemble le domaine des morts

Je suis et veux toujours être votre

Ophélie

DE LA MÊME AU MÊME.

5 Novembre - 8 h. du soir

Pauvre cœur, il me sera impossible de sortir le soir, mais je veux te voir quand même

Trouve toi à 2 h. 15 minutes du matin, sous ma fenêtre, mets un feutre et un manteau, je te sourirai à travers mes rideaux

Ton adorée

Adèle

P.S. j'adopte définitivement le nom charmant de Adèle Ophélie était trop romanesque

HYPPOLYTE BAGNEAU A VICTOIRE.

O. Victoir

Vou dune ~~canon~~ brisque
quel bel femme vou fête o Victoir. Que vou n'ete pas fête
vidament pourre un vulgair
pouscayou ni pour un fichu
quavalié l'arti lery vou réc-
lame, o Victoir ne soyé
~~paton~~ pâ tinhumainne

pourre

ipolit Bagneau

l'arti leur de la 4 batrie
qui vous ème.

IIII novembre 1875

4e LEVÉE

Paris 6 Novbre 187.

Rue Vide-Gousset, 205

SOIE ARTIFICIELLE

MEILLEURE QUE LA VRAIE

Grandes Médailles à toutes les Expositions.

Mon Prince,

mon ami, mon gendre

Votre lettre m'a ému jusqu'aux larmes, j'admire votre grand caractère, qui n'a d'égal que votre délicatesse et votre modestie. Comment ! vous revendiquez un Royaume et vous ne m'en avez rien dit, j'ignorais que mon gendre fut Roi. ah ! Sire, mon ami, mon gendre, que c'est mal à vous d'avoir des Secrets pour moi.

Je m'occupe de réunir les 100,000 francs qui vous sont

nécessaires, ne me refusez pas. En les acceptant, c'est vous qui m'obligerez.

Ce n'est pas une petite dette de 100,000 francs qui obérera votre liste civile, quand vous serez rentré dans vos états. Vos États! nous en rêvons tous. ma femme à qui j'ai montré votre lettre, se voit déjà Belle-Reine-mère. Elle ne peut plus regarder sans attendrissement sa fille, dont le front enfantin va bientôt plier sous le poids d'une couronne

C'est un dur fardeau que le pouvoir, Sire, mon ami, mon gendre, vous aussi, vous êtes bien jeune encore pour porter le sceptre; mais ne vous inquiétez pas. Vous trouverez

près de vous, dans votre nouvelle famille, l'appui d'une vieille expérience, murie dans la pratique des affaires. Quand nous ferons des traités de Commerce avec les Puissances, vous verrez combien il est utile d'avoir près de Soi, un homme Spécial.
Braves Candiotes! nous ferons votre bonheur. Nous développerons l'exportation. Nous favoriserons le travail national. Vos Sujets ne connaissent pas la Soie artificielle, nous la leur ferons connaître. Nous les ferons profiter du progrès de l'industrie moderne.

Sire, mon ami, mon gendre, Je Suis avec respect et affection, de Votre Altesse Royale,

Le très humble Serviteur

Désiré Guitard

Rue Vide-Gousset, 203

SOIE ARTIFICIELLE

MEILLEURE QUE LA VRAIE

Grandes Médailles à toutes les Expositions.

6 Novbre 1875.

Vous, mon gendre!
moi, votre beau père!
Jamais de la vie.

Désiré Guitard

LA VICOMTESSE ITA DE MONTBAZAR A DÉSIRÉ GUITARD.

Paris 6 Novembre 1875.

Cher Baron. Voilà trois grands jours que l'on ne vous à pas vu. tu me laisses seule. Si je ne t'aimais pas comme je t'aime, pour toi même, je ne m'en plaindrais pas; mais vrai, je souffre trop de ton absence. Que veux tu que devienne ta petite Ita privé de son Baron adoré?

Elle languit. Elle se fane. Elle se dessèche.

Viens n'est-ce pas? Viens le plutôt possible.

Baisers en pincettes.

Ita.

P. S. à propos j'ai rencontre le propriétaire Croirais-tu qu'il m'a menace de me faire saisir parceque je n'avais pas encore payé mon terme d'Octobre.

Que je suis malheureuse. Ah! si je ne t'aimais pas tant, mon gros loup!

ANCIENNE MAISON
TRICOCHE & CACOLET

TRICOLET, Successeur

Office Général d'Informations pour les Familles

RUE DU GRAND-HURLEUR, 94

CÉLÉRITÉ, DISCRÉTION

Affranchir

Paris 6 Novembre 1875.

Monsieur.

Tout vient à point à qui sait attendre. Voici les renseignements que vous m'avez demandés. quand vous aurez pris connaissance des trois dossiers ci-joints vous rendrez justice à mon zèle

Vous en avez pour votre argent, je vous assure. je puis même dire, sans me vanter, que je vous ai fait bonne mesure ; aussi, j'espère que nous n'en resterons pas là et que vous voudrez bien me continuer votre confiance

Agréez, Monsieur, l'assurance de mon entier dévouement

Tricolet

Ci-joint 4 annexes

Ancienne Maison TRICOCHE & CACOLET

TRICOLET, Successeur

Office Général d'Informations pour les Familles

CÉLÉRITÉ (AFFRANCHIR) DISCRÉTION

1re Annexe – Dossier de Montbarar

Emploi du temps de Madame la Vicomtesse Ita de Montbarar du 30 Octobre au 5 Novembre 1875.

	Doit	Avoir
30 Octobre — Jour de Mr Guitard. Mr Guitard est arrivé à 3 heures de l'après midi, à 3 h. 23 M. Guitard et Mlle Ita entraient chez Samper, à 3 h. 41 M. Guitard payait 3000f une broche en diamants ci —		3000 ..
A 6 heures M. Guitard rentrait chez lui. A 10 h. 47 du soir, le marquis de Cerisy rendait visite à la Vicomtesse chez laquelle il a fait… le tour du cadran. Le marquis a oublié le lendemain matin un billet de 100f sur la cheminée —		100 ..
31 Octobre – Prétendu voyage à Melun, en réalité Mlle Ita s'est rendue chez son … gérant, le sieur Piffier à qui elle a prêté —	500 ..	

	Doit	Avoir
1er Novembre – passage des princes. Un Russe distingué. Ci pour le jeton de présence du Boyard		1500 ..
2 Novemb. – Jour de Mr Guitard – Mr Guitard ayant prévenu Mlle Ita de sa visite n'a pas dû être trop surpris de voir arriver, comme par hasard, la couturière avec une note sans fin – A compte à la couturière.		1000 ..
Le soir, même jeu du Mis de Cérisy ci.		100 ..
3 Novemb. – Prétendu voyage à Compiègne cachant une nouvelle visite de Mlle Ita chez le sieur Poiffier déjà nommé	7.75	
4 Novemb. – Désœuvrement. Mlle Ita a remarqué que son cocher avait des mollets bien tournés	" "	" "
5 Novemb. – Abondance – de 4 à 6 h. du soir. Le Capitaine Krieg, américain.		300 ..
de 8 à 10 – Un huissier retraité		50 ..
de 11 h du soir à 7 h. du matin. Le Caissier de la banque Z...		1000 ..
Totaux ..	507.75	7050 ..

Reste : Bénéfice 6542,25 f.

Nota – Madame la Vicomtesse Ita de Montbazar s'appelle de son vrai nom Sylvanie Biffard.

Son père a mal tourné, le gouvernement plein de bonté pour lui lui a offert le vivre et le couvert pour un temps déterminé dans une résidence centrale, à Poissy.

Sa mère est morte

Quant à Mlle Ida (vulgo Sylvanie) elle a commencé par être bonne d'enfants, puis elle a trouvé qu'il y avait mieux à faire que de soigner les rejetons des autres – Elle a travaillé pour son propre compte. Abandonnée par son premier amant elle a brillé pendant deux ans dans les brasseries du boulevard Saint Michel, après quoi elle a franchi les ponts, sur la rive droite elle a rencontré quelques gogos (pardon du mot) qui la commanditent. Elle se trouve actuellement le centre d'une société anonyme à capital illimité, dont les actionnaires ne se connaissent pas entre eux.

Le gérant de l'affaire est un certain sieur Puffier.

Ancienne Maison TRICOCHE & CACOLET

TRICOLET, Successeur

Office Général d'Informations pour les Familles

CÉLÉRITÉ (AFFRANCHIR) DISCRÉTION

2ème Annexe – Dossier Guy de Peyradam

Le prince Guy de Peyradam n'est ni roi, ni prince ni duc, ni même marquis ; c'est tout au plus chevalier... d'industrie

Il s'appelle tout simplement. Puffier (pierre adam) c'est en réunissant ses deux prénoms qu'il s'est forgé un titre et un nom ronflants, avec lesquels il fait de nombreuses dupes.

Son père était un honnête homme, un brave vigneron qui peinait sur les coteaux roux de Bourgogne et qui n'avait qu'un désir : faire de son fils un Monsieur. L'éducation qu'il lui a fait donner, au prix de mille privations, en a fait, comme vous voyez, un joli Monsieur.

Puffier, bien servi par des relations de collège aurait pourtant pu faire son chemin Il était entré comme commis chez M. Serdot banquier à Bordeaux. Il compléta son éducation dans cette maison en faisant une étude approfondie du rôle que peut jouer un grattoir dans une comptabilité. Il apprit également les principes de la décoration du zéro qui supporte volontiers des embellissements à la plume et qui n'est jamais si content que quand on en fait un 6 ou un 9

Ces aptitudes calligraphiques le firent honteusement mettre à la porte, les financiers d'aujourd'hui n'encouragent pas les Beaux-Arts

Puffier aurait dû être traîné devant le tribunal pour ses détournements. M. Serdot, bon comme tous les honnêtes gens, ne le dénonça pas à la justice comme il aurait dû le faire, il l'envoya seulement se faire pendre ailleurs

Le susdit Puffier, n'ayant pas une prédilection marquée pour la corde, retarde autant que possible le dénouement correctionnel qui le menace

Instruit par M. Serdot de la faiblesse des bonnes âmes, il choisit toujours des dupes sensibles, qu'il attendrit au dernier moment par un repentir habilement joué. Il vit élégamment, sur le boulevard, ayant la poignée de main facile empruntant volontiers à tout le monde et oubliant toujours de rendre.

A côté des ressources que lui procurent les niais et les prodigues, ce chevalier de haute volée en a d'autres encore moins avouables. Il considère la femme comme un revenu. Assez bel homme, il plaît par son bagout aux reines du monde interlope. En ce moment il domine la Vicomtesse Ita de Montbazar de laquelle il tire un millier de francs par mois

Voila le portrait fidèle du prince Guy de Peyradarn, prétendant à des royaumes chimériques et décoré d'ordres approximatifs, sur lequel la police ne tardera pas certainement à mettre la main

Ancienne Maison TRICOCHE & CACOLET

TRICOLET, Successeur

Office Général d'Informations pour les Familles

CÉLÉRITÉ (AFFRANCHIR) DISCRÉTION

3me Annexe. Dossier Fe Guitard (Sophronisbe)

Madame Guitard (Sophronisbe) entretient des relations romanesco-amoureuses avec Mr Arsène, un tout jeune homme, bien naïf qui est tout heureux d'avoir une intrigue avec une femme honnête et qui passe sa vie à courir aux rendez vous bizarres que lui assigne sa maîtresse.

Du 30 Octobre au 5 Novembre 1875.

Madame Guitard a donné à M. Arsène, les rendez-vous suivants

30 Octobre. 6 h. 27 du soir. à la porte Jaune. (Vincennes) dans un cabinet particulier. Menu : potage à la bisque, homard à l'américaine perdreaux truffés, bombe glacée.

31 Octobre. 1 heure après midi. Sur l'arc de triomphe de l'Étoile

1er Novembre. à 3 heures. sous la cascade du Bois

de Boulogne – à 9 h. ½ du soir – Tramway-Nord

2 Novembre – 4 heures au Jardin des plantes ·
palais des Serpents
à 10 h. du soir place du Grand Montrouge

3 Novemb – à 2 h ½ – temple de la Sybille, aux
Buttes Chaumont
à 8 h 15 du soir. chez Mlle Marthe somnambule lucide

4 Novemb. – à 2 h 27. musée archéologique de St Germain

5 Novemb. – à 1 h ½ – dans les Catacombes
à 2 h 15 du matin sous la fenêtre de la chambre à coucher de Mme Guitard.

Ci joint deux lettres du 5 Novembre, adressées par Madame Guitard à Mr Arsène, sous de faux noms. vous reconnaîtrez l'écriture.

Ancienne Maison TRICOCHE & CACOLET

TRICOLET, Successeur

Office Général d'Informations pour les Familles

CÉLÉRITÉ (AFFRANCHIR) DISCRÉTION

Doit : Monsieur Désiré Guitard

Paris le 6 Novembre 1875

Renseignements ;		
Sur la conduite d'un futur gendre	550 ..	
id. id. femme légitime	500 ..	
id. id. 1 Maîtresse	350 ..	
F^s	1400 ..	
Réduit à treize cents		1300 ..

Pour Acquit
Le . Novembre 75.

Mme GUITARD A M. ARSÈNE.

6 Novembre, midi

Cher Mignon. La rue d'Ulm n'est pas digne de nous. Evitons à l'avenir ce quartier de la bazoche. J'ai trouvé un lieu de rendez vous plus noble. Passez à trois heures sur le trottoir de la place Bourbon. j'y passerai aussi, nous nous rencontrerons par hasard.

L'autre soir tu m'as appelée ta Reine, continue à me donner ce nom, je puis le porter.

Reine

DE LA MÊME AU MÊME.

6 Novembre. 5 heures

Mon beau page, ce soir à la nuit tombante devant le palais des Tuileries, côté de la place du Carrousel.

Ta reine

Blanche

Mademoiselle Victoire
Vous m'avez donné l'espoir.
Aussi jai fair des Vers pour votre gloire
quand je suis etté pour vous voir
vous n'avez pas pu me recevoir
A cause de votre patron qui est une vraie belouaise,
Je viendrai ce soir,
au revoir.

Grégoire
Soldat du train, natif d'Issoire

5e LEVEÉ
BOITE AUX LETTRES

LÉON DEROZE A DÉSIRÉ GUITARD.

Paris 7 Novembre 1877.

Monsieur Guitard, excusez moi. Je reviens encore à la charge, malgré votre honorée d'hier, si laconique et si dure.

Voyez-vous. Je ne peux plus vivre ainsi. Ma tête s'égare quand je pense que vous allez donner votre fille à un autre que moi. Je sens que je vais mourir si ce mariage se réalise. Je suis à bout de force et d'espérance.

Accordez moi la main de Mlle Valentine.

Réfléchissez bien avant de répondre. Songez qu'un oui m'ouvrira le ciel, et qu'un Non sera pour moi une condamnation à Mort.

Songez à l'avenir de votre enfant. Songez à mon amour qui lui ferait une auréole de bonheur. Songez à tout cela et laissez parler votre cœur si noble et si bon.

Léon Déroze

Sous chef de Rayon

LÉON DEROZE A VALENTINE GUITARD.

Paris 7 Novembre 1875

Chère Valentine, chère adorée, laissez moi vous appeler ainsi dans cette lettre qui est peut-être la dernière que je vous écris

Sans cesse repoussé par votre père, à la veille de voir se consommer votre mariage avec le Prince de Peyradam. Je suis arrivé aux extrêmes limites du désespoir.

Je viens de tenter une démarche encore auprès de Mr Guitard. s'il me refuse, je sais ce qui me reste à faire.

Je veux mourir !!!

Je mourrai en regardant vos petites lettres adorées en respirant les roses fanées que vous m'avez données jadis en souvenir, doux reliques de notre chaste amour.

Ma dernière pensée sera pour vous, pour toi ; ma Valentine, ma toute blonde, mon ange adorée.

Léon Déroze

Rue Vide-Gousset, 203

SOIE ARTIFICIELLE

MEILLEURE QUE LA VRAIE

Grandes Médailles à toutes les Expositions.

7 Nov^{bre} 1875.

Monsieur

Vous m'avez rendu un grand Service en m'éclairant sur le Compte de cet odieux chevalier d'industrie dont j'allais faire mon gendre, et en me révélant les débauches de cette vendeuse d'amour au détail en laquelle je croyais. Je vous en remercie, et j'ai l'honneur de vous informer que vous pourrez vous présenter à ma caisse pour toucher la Somme de Treize Cents francs (1300 fr.) qui vous est due, sauf

erreur ou omission, d'après votre
facture vérifiée

Je vous remercie et pour-
tant, vous avez brisé ma vie, les
révélations que vous m'avez
faites sur les désordres de ma
femme ont tué mon bonheur.
à qui croire ? à qui se fier ?
je suis bien malheureux.
Je ne sais quel parti je dois
prendre. Jusqu'ici j'ai pu
éviter de voir la femme coupable,
mais quand je me trouverai
en sa présence, je sens que
j'éclaterai et que je serai
terrible. Qu'arrivera-t-il
alors ? ah tenez, vous m'avez
demandé 500 francs pour
me révéler la vérité sur
sa conduite, j'en donnerais

1,000, 10,000 plus encore pour que vous vous fussiez trompé, pour que vos renseignements fussent faux.

Monsieur Tricolet, je ne m'adresserai plus jamais à vous. La vérité est une chose trop cruelle. Plût à Dieu que j'eusse conservé toujours l'erreur qui m'était si douce.

Salutations

Désiré Guitard

Rue Vide-Gousset, 203

SOIE ARTIFICIELLE
MEILLEURE QUE LA VRAIE
Grandes Médailles à toutes les Expositions.

Paris 7. Novbre 1871

Canaille !

Tu n'es pas Prince, tu n'es pas prétendant, tu n'es pas plus Peyradam que moi. Tu n'es qu'un vulgaire Puffier, et tu voulais me voler 100,000 francs. Cent mille francs, gredin ! sans compter ma fille et sa dot !

Tu mériterais que je te dénonce au commissaire mais ce serait prendre une peine inutile. Le commissaire doit te connaître.

Je laisse à la Providence
qui a fait de moi un Juré,
le soin de nous ménager une
prochaine rencontre à la
cour d'assises.

J'ai l'honneur de
ne pas vous Saluer

Désiré Guitard

DÉSIRÉ GUITARD A LA VICOMTESSE ITA DE MONTBAZAR.

7 Novbre 1871

Madame

En recevant ce pli volumineux, vous avez certainement souri. Vous avez palpé l'enveloppe en vous disant : c'est une liasse de billets de Banque.

Vous vous êtes trompée, Madame, le papier joint à cette lettre est l'agenda de vos infidélités, c'est en même temps votre livre de caisse.

La vue du total de vos recettes m'a convaincu que vous pouviez fort bien vous passer de ma commandite.

Je vous laisse à votre nombreuse clientèle.

Désiré Guitard

Mme GUITARD A M. ARSÈNE.

7 Novembre 1875.
8 heures du matin

Je me sens des envies de campagne. Je voudrais courir dans les foins avec vous, mon ami, la main dans la main. Il faut absolument que je sorte de Paris.

Soyez donc à 2 heures précises, sur le glacis — non — dans le fossé des fortifications, à gauche, en sortant par la porte de Vanves

Ta petite Fadette

7 Novembre 1875

Belle Cuisinière, vous me convenez assez. D'abord vous êtes à point physiquement parlant. Ensuite vous habitez le premier étage. La Nature, qui m'a gratifié d'avantages exceptionnels, m'interdit d'aimer à l'Entresol

Quand vous me voudrez, vous m'aurez, vu que je suis disponible pour le moment, ce qui m'étonne.

Je me charge de vous prouver, Belle Cuisinière, que c'est à tort que les envieux ont dit qu'il y avait une difference entre un grand homme et un homme grand

Je vous favorise d'un baiser

Septime Longuet

Tambour-Major

Gde LEVÉE

ANCIENNE MAISON
TRICOCHE & CACOLET

TRICOLET, Successeur

Office Général d'Informations pour les Familles

RUE DU GRAND-HURLEUR, 94

CÉLÉRITÉ, DISCRÉTION

Affranchir

Paris, 8 Novembre 1878

1 pièce jointe

Monsieur Guitard !

Dans votre honorée d'hier je trouve la phrase suivante « Vous m'avez demandé 500 francs pour me révéler la vérité, j'en donnerais 1000. dix mille, plus encore pour que vous vous fussiez trompé, pour que vos renseignements fussent faux.

Vous pouvez, Monsieur, m'envoyer 1000 fr. 10.000 francs et plus encore, si vous le voulez. Je vous ai trompé !

Tout ce que je vous ai dit sur les relations de Mme Guitard avec Mr Orsène est faux absolument faux. Madame Guitard est la plus honnête des femmes

Comme vous ne voudriez pas me croire sur parole

je crois devoir vous donner la preuve de ce que j'avance. Cette preuve c'est une lettre que Madame Guitard m'a adressée le 20 Octob. le surlendemain même du jour où vous m'aviez donné l'ordre de la surveiller

Quand vous l'aurez lue, vous serez convaincu

Veuillez agréer, Monsieur, l'assurance de mon dévouement

Tricoche

P.S. L'office général d'informations pour les familles, présente ses quittances avant cinq heures

20 Octobre 1875

Annexe

Monsieur, Mon mari a le vilain défaut de parler en dormant. La nuit dernière je l'ai entendu qui prononçait mon nom, j'ai écouté attentivement et j'ai compris que Mr Guitard avait chargé un certain Mr Tricolet de surveiller ma conduite. Dieu merci, je n'ai rien à craindre. Ma vie peut supporter l'examen — Je suis une honnête femme attachée à mes devoirs de mère et d'épouse ; mais par cela même que ma vertu est au dessus du soupçon j'ai été blessée de la pensée que mon mari avait eue. Me faire surveiller, comme une femme coupable. Voila qui est trop fort, en vérité — Il faut me suis-je dit que Mr Guitard soit puni de sa coupable témérité.

Je ne sais pas combien mon mari vous a promis pour me suivre ; mais je vous donnerai le double si vous voulez bien faire ce que je vais vous dire

Quand le moment de faire votre rapport sur ma conduite sera venu, soyez assez aimable pour dire de moi le plus de mal que vous pourrez. Noircissez-moi accumulez sur moi les accusations les plus terribles

Pour vous aider dans cette tâche, je vous adresserai par la poste un paquet de lettres portant des dates fictives et donnant des rendez-vous simulés à un Monsieur qui n'existe pas. Vous montrerez ces billets doux à mon mari

La lecture de votre rapport et de ce dossier sera le juste châtiment de celui qui avant de soupçonner sa femme, aurait dû, au moins se faire pardonner ses relations ridicules avec une certaine Vicomtesse de Montlazur

Nous le laisserons toute une journée sur cette impression et nous ne le détromperons que le lendemain

Salutations distinguées

Fe Guitard

Rue Vide-Gousset. 205

SOIE ARTIFICIELLE

MEILLEURE QUE LA VRAIE

Grandes Médailles à toutes les Expositions.

8 Novbre 1877

Venez, mon cher enfant,
venez me voir, j'ai besoin de
serrer la main d'un honnête homme
Votre lettre d'hier m'a atten-
-dri, j'admire votre persévérance
et votre amour. vous méritez une
récompense.
Je veux que bientôt l'on
puisse lire sur le fronton de
mes magasins
Ancienne Maison Guitard
Léon Deroze, gendre et succeur
à bientôt et à toujours
Désiré Guitard

8 novembre 1875

Mon ami, venez vite.

Papa consent !!

Je ne me sens pas de joie.

Je vous tends mes deux mains

Valentine

P. S. Je puis vous le dire,
maintenant que papa l'a permis :
Je vous aime !

LE POMPIER PHALIPON A VICTOIRE.

8 Novembre 1875

Mamzelle Victoire

Voilà plus de six mois que vous me faîtes languir. Vous avez été bien cruelle pour moi, mais j'en suis content parce-que je vois que vous êtes une fille sage et que je veux m'adresser à vous pour le bon motif. Voulez vous m'épouser, mamzelle Victoire.

Je vais avoir fini mon temps et mon colonel m'a promis de me faire avoir une place de garçon de recettes à la banque avec laquelle je suis votre dévoué sapeur pompier

Phalipon

Imp. Coulbeuf, 95-97, Passage du Caire, Paris.

www.ingramcontent.com/pod-product-compliance
Ingram Content Group UK Ltd.
Pitfield, Milton Keynes, MK11 3LW, UK
UKHW021205220726
13924UKWH00003B/1330

9 782019 910891